글벗시선 186 서정희 두 번째 시조집

숲의 향기

서정희 지음

도서출판 글벗

숲의 향내를 풍기고 싶다

바쁜 일상에 지친 어느 해 겨울날 우린 이런 생각을 했다. 눈이 밤새도록 펑펑 쏟아져서 지붕까지 덮어버리면 좋겠다. 아무도 오도 가도 못하게, 겨우내 토끼처럼 눈 속을 굴처럼 파고 살면 좋겠다.

20여 년이 지난 지금 그 어이없는 생각대로 살고 있다. 사방이 산으로 둘러싸인 채 겨우내 녹지 않을 눈밭에서 뒹굴면서 산다. 시와 숨 쉬고 노래하고 새가 깃들었을 때 우리도 잠을 잔다.

풀섶의 아침이슬 바짓가랑이 적시듯 가슴에 여운을 주는 그런 시조를 짓고 싶다. 주 하나님 지으신 모든 세계를 맘껏 찬양하며 숲의 향내를 풍기고 싶다

시조에 입문하게 하신 스승님! 언제나 따스한 눈길로 묵묵히 이끌어 주심에 늘 감사드리며 두 번째 시조집을 엮는다.

2023년 2월 20일

하얀 숲속에서 마석 쓰다

차 례

■ 시인의 말 숲의 향내를 풍기고 싶다 · 3

제1부 세월이 좋아

제2부 그리움 하나

제3부 묵직한 사랑

제4부 잠시 눈을 감고

제5부 하루의 다짐

제1부

세월이 좋아

가끔은

한 길가 발길 잦은
돌담 밑 해 좋은 곳
홍조 띤 달맞이꽃
두려움 없는 얼굴
해맑게 미소 지으며
올망졸망 앉는다

나비가 뱅뱅 돌다
깊숙한 빨대 공격
수 없는 날갯짓에
얇은 꽃잎 다 상하네
공생의 몸짓 무거워
축 처지는 어깨여

찬란히 꽃 피게 한
사랑꾼 벌 나비들
무언의 참 가르침
살 내주고 뼈를 베는
생존의 굴레 벗어나
쉬라 하네 가끔은

가을 풍경

따가운 볕의 입김
벼꽃을 피게 하고
갈바람 간질이니
잎새 춤 유연하네
포도알 이제 대놓고
포식하는 물까치

온전한 한 바구니
설탕 넣고 팔팔 끓여
잼 만드니 흐뭇하네
내년에도 함께 먹자
까딱인 꽁지 하나로
풍성해진 이 뜨락

비 온 뒤 상큼하니
백일홍 봉선화꽃
들뜬 양 희희낙락
회색빛 전혀 없네
땟국물 진한 그 여름
추억으로 한 움큼

가을 하늘에

이 가을 얼핏 설핏
보이는 여름 흔적
얼마나 심하던지
폭우의 성깔대로
균열로 남아 아프게
움츠리고 있구나

입으로 손으로도
묻지 않는 하해 가슴
활짝 열고 포옹하네
아 참 좋은 이 계절
그래서 네가 또 내가
살고 싶은 이 순간

회한을 풀어내듯
남은 눈물 다 쏟고
산 중턱 걸터앉은
구름아 내 사랑아
파아란 하늘 하얗게
뭉게꽃을 피우리

가을 하늘은 그리움을 낳고

채송화
코스모스
구절초 분꽃 등등
천지사방 갈꽃이네
애무하는 바람결에
오롯이 몸을 맡긴 채
행복에 찬 눈망울

여름내
들락이며
포도알 쪼던 새는
식곤증에 낮잠인가
도무지 잠잠하네
벼 이삭 위의 곡예사
메뚜기도 안 뵈고

꽃이듯
생물이듯
그리움 한 움큼씩

남기고 사라지네
밭매다 올려보던
어머니 하늘바라기
따라쟁이 해 본다

가을날 무더위

뒤늦게
허겁지겁
익히려 들려 하니
때아닌 뙤약볕에
더위 먹기 십상이네
벼 이삭 속히 익어라
무언 속의 간절함

중추절
빨리 지나
아직도 파란 대추
마음만 분주하니
코끝만 벌게지고
홍조 띤 사과 부러워
이파리만 살랑대

서리

냉랭한
네 얼굴을
햇살이 녹여주니

서서히 누그러져
마른 풀 마른 가지

비로소 고개 쳐들고
하품하며 기지개

만물을
지배하듯
하얗게 내려앉아

얼음 땡 만드는 너
순리를 어찌하랴

또다시 내일 피어날
겨울 새벽 꽃이여

가을비 오는 밤에

비님이 조곤조곤
말 걸듯 다가오네
뒤꼍의 야채 가족
궁금해 찾을 때도
기척이 없던 비구름
어인 행차이런가

깨 농사 아주머니
비 와야 한다 하고
벼농사 짓는 친구
아니 될 말이라 하니
도무지 어느 장단에
춤을 춰야 할는지

그대 나 알리오만
얼마나 좋아하고
미치도록 간절한지
한밤중 그의 소리
들을까 하여 실루엣
찾아내는 꺼벙이

세월이 좋아

예전에
그 나이면
분명 뒷방 늙은이

시조에
그림까지
손아귀 힘 실리니

치맬랑
염려 마시게
그런대로 한세상

가을에 부르는 노래

단풍이 구분 없이
여기저기 나리니
발그스레 노랗게
묘지 위에 앉는다
밤에는 윙윙 바람에
발발 떠는 잎새들

퇴색해 가는 나날
막바지 시월이니
절정을 향해 솟는
그 꿈도 활기 차라
깡그리 베인 농작물
곳간마다 가득해

식탁을 부요케 한
고구마 감자 사과
천고인비(千古人肥)이로다
광에서 인심 난다
조상들 노래했으니
맘껏 나눔 하리라

가을에 오는 비

창밖에 흐르는 비
소리가 전혀 없고
언제부터였는지
전깃줄 방울방울
물까치 잠시 앉았다
훌쩍 날은 이 아침

멍하니 멍때리기
비바람 즐겨 하나
하루가 금쪽같은
일터에선 낭패이리
비 장막 잠깐 거두어
저녁에나 나리면

마음껏 하하 호호
하얀 이 드러내고
저녁상 둘러앉아
빗소리 음미하면
얼마나 좋을까마는
아 그래도 난 좋아

가을 하늘과 구름

캔버스
하늘가에
대담한 붓질 하나

손발을
걷어붙인
오묘한 구름 터치

만물의
온갖 형상을
선물처럼 안기네

소나기 후에

홀연한 드럼 소리
가슴이 시원하네
간곡한 기다림의
우렁찬 울림이여
메말라 터진 살갗에
스며드는 약비여

졸졸졸 받아먹는
손아귀 물 한 모금
속속들이 스미는
그 힘에 비길쏜가
한 달여 견딘 그 고초
일순간에 벗으오

벼들이 잘 자라고
녹음방초 우거진
숲속이 풍성하니
산새 들새 다람쥐
계곡물 튀는 바위에
들며 나는 한나절

갈망

산과 들
바다 강물
돌멩이 하나까지
상사병 들린 듯이
메마른 그 비루함
오늘밤 잠든 그사이
행여 비님 오실까

어이해
못 오시나
고운 향내 품에 안겨
세월 흐름 모르는가
티 없이 맑은 하늘
애꿎은 눈총 쏘이며
기다리는 빗방울

흙먼지
폭 껴안고
눈물비 떨궈내면

반가움의 환호성
팔 벌려 뛰놀리라
장독에 기대 서글픈
이름 모를 꽃까지

강아지풀

사방의
눈 가는 곳
앙징스레 이룬 군락

풀에 꽃에 어울려
귀엽기 짝이 없네

연출된 그의 모습에
완성되는 수채화

겨울산 이야기

슬며시
산에 올라
횅한 속 둘러보니
숲속의 나무마다
이파리 다 떨군 채
안긴 듯 보듬은 듯이
이리저리 얽히고

상수리
떡갈나무
바위 등 청색 이끼
황량한 바람 속에
새봄을 기다리니
소나무 의연한 채로
막아주듯 서 있네

겨울새

겨울새
두 마리가
나무 위 가지 앉아

아침을 노래하네
온 산에 눈 덮이고

나뭇잎 서걱이어도
겨울나기 그만이야

찔레꽃
열매 붉어
새들을 유혹하고

뽀송이 햇살 받은
풀씨들 반짝일 때

산야가 제 세상인 양
훨훨 날아오르네

숲의 향기

문소리
들리는가
아침 활짝 열리니

푸르게
물든 잠이
하얗게 부서진다

깃든 새
벌레 숨 쉬는
싱그러운 숲이여

무정

오라고 아니해도
철 따라 다가와서
가만히 머무르는
그대가 어여쁘다
어느덧 흥이 깨지고
시들해져 가는 때

숲 사이 불끈 솟아
몽글이는 구름덩이
뽀얀 얼굴 해맑구나
푹 젖어 잠자던 꽃
채송화 바짝 쳐들고
조우하는 갈바람

정갈한 행보 속에
구월이 익어가니
웃자란 잡초에도
정겨운 눈길 주네
아 세월 여전하건만
오지 않는 내 임아

애원

– 비

올려 본 하늘 얼굴
해맑기 그지없네
빙 둘러 눈 굴려도
은신처 하나 없어
우리 임 어느 곳에서
몸 누이고 있는지

가로수 우두커니
매연에 벌게진 눈
바람에 나풀대는
풀잎과 마주하네
서로가 하늘바라기
꾀죄죄한 몰골들

기다림 하 길으니
원망의 노래 될까
임이여 도포자락
휘날리며 나르샤
구름에 함뿍 실리어
안겨주오 촉촉이

*나르샤 : 『용비어천가』 1장의 구절, '날아오르셔서' 의미

이태원 참사를 애도하면서

못다 한 꿈일랑은
거기서 펼쳐보렴
경쟁도 근심 걱정
도무지 없는 그곳
해맑은 공기 들이켜
맘껏 호흡하려마

울음길 마저 막혀
쉰 목만 꺼이꺼이
손짓이 난무하여
철퍼덕 주저앉은
껍데기 넋이 나가니
그 노릇을 어이해

잊음은 어불성설
결단코 잊지 못해
장막을 떠나는 날
비로소 벗어날까
가슴속 깊이 묻으니
홀로 슬퍼 말기를

제2부

그리움 하나

장마

어쩌면 그리 울어
철퍼덕 주저앉아
눈물보 터뜨리는
아낙이 부르짖듯
슬픔의 목청 돋우니
진동하는 천지라

산속의 생명들은
어디서 기식할꼬
고라니 멧돼지랑
오소리 산비둘기
내려와 진상 부린들
어찌 너희 탓하랴

먹구름 같은 설움
모조리 빠져나가
산천이 밝아오면
높낮이 구분 없이
파아란 하늘 내려와
가슴 가슴 안기리

아, 풍성한 가을에

오롯이 남은 채로
가는 임 보내느라
들판에 손 흔들며
둥판에 쏘는 땡볕
벼 이삭 익어가기 전
송곳인 양 아프다

떠나도 남아 있고
남아도 헤매는 삶
무언가 모를 허상
지나온 자국마다
진하디 진한 열정이
붉다 하게 피어나

무언의 약속들이
이루어지는 계절
꿀벌이 그들 나름
남겨둔 꿀을 먹듯
우리의 사랑 그대로
광주리에 담는다

파란 하늘

건넛산 물안개가
마감 예시 하는가
입 헤벌려 보는데
이내 쏟는 비 비 비
계곡물 서로 앞다퉈
곤두박질치누나

쉼 없는 물길 행진
이끼가 무성하고
익어가는 포도송이
벌 나비 물까치들
대놓고 무전취식해
얼마나 참 다행인가

우리의 맘 같아선
그만 와도 좋을 것을
아직도 남은 속이
그저 그리 많은지
흰 구름 둥실 떠도는
그리움의 그대여

올해에도 긴기아난이

이 겨울
창밖에는
소복이 쌓인 눈에

찬 바람 쌩쌩 불어
눈가루 날리는데

거실의 긴기아난은
탐스럽게 피었소

한해가
지나가고
꽃 다시 피었건만

우리 임 어찌하여
아직도 못 오시나

이 향내 그대 그리며
흠뻑 취해 마시리

구월이 가는데

보챈 이 하나 없을
청명한 고운 날이
부득이 가는구나
저변에 잠을 자던
이루지 못한 그 사랑
스멀스멀 오르고

기다려 주지 않는
기회의 뒤 꼭지가
사뭇 짧아 슬프다
들레고 설레던 날
어쩌면 짐작 했으리
한낱 꿈이 될 것을

한 겹이 두 겹 되고
두 겹이 세 겹 되는
추억 속 보자기를
가만히 풀어 젖혀
공중에 훨훨 날리고
가볍사리 되고자

여름날 아침의 서정

단장한
까치 한 쌍
소나무 가지 위에
부드러운 풀밭 위에
아침이 한가롭고
촉촉이 뿌린 밤비에
해바라기 화사해

이 꽃들
행진 보라
쉼 없이 펼쳐지는
고단한 파노라마
떠나고 비운 자리
또 그대 채워 주리니
오직 행복하기를

그녀가 떠나기 전

바람이 부는 대로
이리저리 한들댄
그녀가 애처롭다
소나기 심술부려
온 얼굴 옴팍 쏘아도
묵묵한 꽃 살살이

가으내 함께 부른
싱그러운 꽃노래
여덟 잎 분신들이
하나둘 날아가서
아릿한 가슴 허전해
올려보는 하늘가

가지 마 가지 마라
애원한다 안 갈쏜가
정해진 그 숙명에
순응하는 그 발걸음
네 모습 눈에 담으리
한겨울이 오기 전

어제처럼 오늘도

성벽은 항상 높고
들판은 허허로워
갈 곳 몰라 헤매는
길 잃은 사슴인 양
목 늘여 하늘 향하는
슬픈 눈의 나그네

장거리 달려가는
마라톤 선수처럼
고독한 싸움 하나
쓰러질 듯 자빠질 듯
두 다리 흔들거리다
중심 잡는 오뚝이

마라의 쓴물처럼
쓰라린 인생의 맛
한 문이 닫혀지면
분출하는 감사노래
또 한 문 열려지나니
어제처럼 오늘도

그리움 하나

꽃잎에 나뭇잎에
땅바닥 구석구석
빗방울 여한 없이
회포를 풀고 나니
어느새 훌쩍 커버린
무궁화 옆 키다리

머나먼 여정 앞을
햇살이 인도하니
노랗게 반짝이며
의젓이 자리 잡네
상큼한 재잘거림에
생기 도는 앞 뜨락

철 따라 고운 꽃들
서로 만나 소곤대나
산화된 그 사랑은
돌아올 기미 없어
지독한 그리움 하나
오롯하게 남는다

기다림

아파트 정자에 늘
두 눈을 껌벅이던

노인들 아니 뵈고
훌쩍 큰 소나무들

몇 그루
가지가지에
참새들과 낯선 새

앉아서
까딱이고
살랑이는 날갯짓

어느새 숨바꼭질
해맑은 아침 햇살

벤치의 등걸이 위에
미소 띠며 누웠네

김치전

비 오고 찬기 돈 날
딱이야 그만이지
때 없이 지범지범
아니하는 그이도
한 접시 뚝딱 비워내
미소 짓게 하누나

우중충 새포름해
으스스 떨리는 날
양말 신기 거부하던
고집쟁이 꼬맹이
고소한 향의 들기름
엄마 냄새 이끌려

눈 씻고 둘러봐도
그 흔적 하나 없고
휑하니 그리움만
덩그러니 남아 있네
얼마나 돌아 나가야
가슴 하나 비울까

낙엽 비

발그레 단풍이 든
가을을 노래하고
들뜬 마음 한가득
호젓이 만나기 전
성급히 떠나가는가
뒷모습이 아련해

눈에 다 담지 못해
하나씩 그려놓고
음미해 보려하나
미려한 총천연색
뉘라서 흉내 낼까나
솜씨 가히 절묘해

온 누리 서리 내려
겨울을 재촉하고
나무들 걸쳐진 옷
훌훌 벗어던지니
오롯이 서는 발밑에
차곡차곡 앉는다

흐린 날

가물어 애가 탐에
민망한 태양 빛을
구름이 가려주네
이제 곧 촉촉하리
언질도 없이 숨은 너
야속하기 짝없어

처처에 형형색색
들어찬 꽃을 보니
갈망의 눈길이라
이제는 물길 열고
아낌이 없는 소나기
퍼부어도 좋으련

파리를 쫓던 암소
맥없이 꼬리 접고
잎새들 간질이며
애무하는 솔바람
달래듯 속삭이나니
비가 올 것만 같아

네가

뽀오얀
우윳빛에
잔잔한 미소 띠고

흐르는
널 사랑해
그러나 잿빛 구름

터질 듯
울음 머금은
네가 더욱 좋은걸

녹색 조끼와 소녀들

무성한 길가 잡초
갈퀴손 닿는 대로
말끔히 소제 되고
덩그런 벤치 위에
하얀 꽃 송이송이들
올망졸망 피어나

혼신을 다한 불꽃
서서히 산화하여
새 깃털 양 가볍구나
닳아버린 맷돌짝
눈앞의 산해진미가
오직 한낱 전시품

흰서리 골진 밭에
가냘픈 나뭇가지
탐스러운 열매 익던
가물대는 추억여행
하나씩 꺼내 펼치는
녹색 조끼 소녀들

여름날 풍광

통곡한 소나기가
한바탕 소란 떤 후
산 중턱 잿빛 구름
잔재해 걸쳐 있네
푸른 빛 더욱 푸르고
하늘은 더 맑아라

이끼 낀 나뭇등걸
곤충 벌레 놀이터라
간섭하는 손길 없어
분주히 희희낙락
신비한 우화 그 손길
환골탈태 매미여

어떻게 살아가고
얼마만큼 짓는지를
훈수가 없는 하루
품 안의 삶 그리니
여름날 풍광 다가와
토닥이며 누이네

여름의 길목 그 빛나는

아침을 연 창가에
마른풀 내 훅 끼쳐
폐부에 내려앉고
어느새 순풍마저
스르르 안겨 바람 멍
숲멍하기 좋은 날

살짝궁 다녀간 임
찌든 낯 씻어주고
달궈진 바위 등판
흥건히 적셔주니
어느새 초록 비단옷
갈아입은 이끼들

우거진 녹음방초
천지간 펼쳐지고
꽃들은 피어나서
바람에 희희낙락
아 그만 부동인 채로
그 빛나는 그리움

온종일

밤인지 아침인지
번개에 천둥소리
한잠 두 잠 석 잠에
인누에 꿈틀대니
내 사랑 마냥 머물러
빈 가슴을 채우네

하늘이 뚫렸는가
한 맺힌 구름인가
여인 맘 복잡하듯
감조차 잡지 못해
전깃줄 앉은 새처럼
빗소리에 젖는다

우르르 쾅쾅 우르
북소리 시원하고
논두렁 밭두렁에
산란한 개구리들
앞다퉈 목청 높이니
참 요란한 날이네

가을의 서정

아침에 걷는 이길
공기가 바람결이
달고도 신선하다
하루에 두 회차만
다니는 산골버스가
소풍 삼아 오는 곳

여름에 칸나 아씨
붉게 빛나 인사하고
댑싸리 빗자루 돼
제 몫을 다 하건만
닭장 풀 밑에 나뒹군
도토리가 서럽다

산바람 갈바람에
십 년이 늘어날까
이십 년이 더 할까
하이얀 휘장 하나
부득이 감싸 안아도
그대로가 참 좋을

오랜 벗

추억이 가득 스민
파란 하늘 날아오네
늘 함께 올려보며
나누던 희로애락
아침에 뜨던 비행기
고국 향한 그리움

콩 한 쪽 나눠 먹던
그 시절 아름다워
우리의 동지애가
높은 성 헐었나니
선교를 향한 그 열정
끊임없이 타올라

하나둘 별을 세며
거닐던 밤 바닷가
침묵 속에 전해지는
애절한 고향 생각
시공을 초월하나니
이심전심 참 우정

제3부

묵직한 사랑

숨어 피는 꽃 참회나무 열매

깊은 산 계곡 사이
무성한 잎새 아래
온 산을 들이키며
작은 꽃 앉아 있네
마주 본 얼굴 상큼해
기분 좋아지는 중

양귀비 달맞이꽃
매발톱 장미 모란
작열하는 태양 빛에
화려함 극치이나
오로지 바람 코끝에
감지하고 있는 그

고독한 기다림이
혈관을 타고 돌아
주홍색 열매 맺지
한적한 맑은 숲속
루비를 닮은 너 안아
고이 간직했으면

눈물 같은 비

그렇지 슬픈 거야
이 하루 지나가면
잊혀질 너의 모습
언젠가는 점이 될까
내일은 잊을지라도
오늘 눈물 기억해

망각의 동물인 게
차라리 다행일까
뼈 녹듯 마냥 슬퍼
움츠려 몸 숨기면
뉘라서 그대를 알까
아리고 또 아리다

바람결 타고 오는
구슬픈 선율 하나
못다 부른 노래여
방울방울 비 되어
온 하늘 씻어내리네
다시 못 올 사랑아

강화도에서

목청껏 소리치면
고개를 돌릴 듯한
임진강 건너 저기
통한의 실향민 맘
산나리 그도 애태워
붉게 붉게 타는가

온 하늘 자유로운
날렵한 교동 제비
고향의 손님이라
그리운 소식이라
눈 씻고 돌린 전망대
뿌연 안개뿐이네

한 자락 맘 남기고
돌아선 등짝 위에
몰인정한 땡볕 하나
석모도 수목원 숲
차라락 그늘 내려와
나그네에 앉는다

니 야오 허 카페이 마?

– 커피 원해

안과 밖 구분 지어
일 처리 하는 그가
라면은 못 끓여도
오로지 해대는 것
로스팅 커피 드립해
코앞에다 놓는 일

낯선 곳 이국에서
유일한 기쁜 언어
커피 원해 타줄까
일순간 만면희색
고요한 적막 깨지고
짙은 향수 사라져

서운함 가득하고
왠지 모를 심통이
치오른 새가슴에
기가 막힌 커피 향
휘감아 녹아내리니
어찌 아니 풀릴까

동네 한 바퀴

논밭의 초록 빛깔
눈망울 상큼하다
말끔히 신사 된 길
가슴팍 아리게 해
덥수룩하던 논둑 방
아직 눈에 선하니

광주리 새참 가득
똬리 받쳐 머리 이고
방금 지은 고슬한 밥
호박 송송 된장찌개
최고의 손맛 아낙네
조물조물 나무새

편리함 추구하는
도시화 일색이니
아기자기 추억들이
자취를 감추누나
사위지 않는 그리움
마냥 몽글거린다

둘이서

산 넘어 희뿌여니
검은 소 길게 누운
산수화 여기저기
신사임당 혹할 풍경
올려 본 하늘 두둥실
미소 짓는 흰 구름

입막음 세월 속에
묵언의 장벽이라
이제야 들려오는
새 소리 바람 소리
좋구나. 에헤라디야
산천초목 내 사랑

두 발이 닿는 그곳
어딘들 막을쏘냐
신묘막측 자연 속에
폭 안겨 보려 하네
둘이서 괴나리봇짐
휘익 유람할까요

마음판

구름의 변화무쌍
참으로 걸작이네
그 속을 서슴없이
지나는 저 비행기
따라서 함께 날고파
마음만 붕 떠 가네

한나절 코스모스
바람에 몸을 싣고
한들대는 춤사위
그윽이 바라보니
홀연히 듣는 빗방울
감성 흥취 더 한다

어느덧 해가 번쩍
하늘이 맑게 개니
괜스레 울적인 맘
부스스 눈 비비네
일순간 한낱 날씨에
요동치는 얄팍함

모두가 잠든 새벽

가을이 성큼 와서
조석으로 차오니
더위 먹은 어제가
무색할 지경이네
개구리 장단 맞추어
새벽 공기 가르고

모두들 무고한지
하늘을 올려보니
초승달 구름 사이
눈 붙이려 드는가
새벽잠 없는 노인네
사슴인 양 초롱해

새까만 하늘가에
보초선 별 하나둘
조우한 구름 가니
가로등 마주하네
오늘도 힘껏 안아볼
혼자만의 그리움

묵직한 사랑

비바람 몰아칠 때
꼼짝하지 않는 바위
널찍한 등판 위에
산까치 딱새 참새
번갈아 날개 말리려
찾아드는 놀이터

볼때기 미어져라
낙엽 물은 다람쥐
잠시만 숨 돌리라
하얀 등 내어주네
언제나 거기 그 자리
식지 않는 구들장

바위도 물에 쓸려
한 조각 잘리련만
우리 임 수십 년간
요동 없는 돌덩이네
그 만의 사랑하는 법
어제 같은 또 오늘

바람

태양 볕 송곳처럼
꽂히는 이 여름날
한줄기 그대 들어
풀꽃향 안겨주고
머리칼 감아 휘돌아
목덜미에 머무네

나누인 사랑 속에
꽃잎 풀잎 살랑이고
줄을 탄 새 한 마리
꽁지를 까딱이네
오늘도 허공에 도는
빈손 가득 짝사랑

그 속을 알 수 없는
야속한 나의 임아
산으로 들녘으로
홀연히 떠나가네
신비한 꼬리 감춘 채
흔적 아니 남기고

오월의 사랑

그 누가 먼저일까
스르르 통한 눈길
말없이 바라봐도
온종일 싫증 안나
아 그대 이미 돌아와
숨 막히게 하나니

꽃잎들 나뭇잎들
무명초 하나까지
바람의 간질임에
헤어날 길이 없네
요들송 같은 휘파람
산자락을 에우고

구름을 풀었는가
하늘이 누워있네
거울 같은 섬강 위에
가슴 벅찬 감동 하나
오월이 주는 이 사랑
윤슬 되어 빛나네

오월의 여왕 장미

온 산에 초록빛깔
병풍을 둘러치니
머문 눈 상큼하여
가슴이 뻥 뚫리네
달콤한 숲속 향기에
넘성대는 바람 꾼

산새는 바람 타고
풍성한 먹이 사냥
신이 난 외마디로
새벽 공기 가르네
곧이어 벌 나비 들면
열매 주렁 열리리

훈풍이 지나칠까
귓가를 간질이니
설렘 속 작은 동요
북소리 울려 나고
오월의 여왕 노래라
매혹되는 산하여

오월이 가네

그토록 찬란하던
설렘이 잦아들고
원숙미 무르익는
유월이 다가오네
서러워할 새 없어라
채워지는 빈 가슴

으아리 떠나보내
허한 맘 달래는가
핑크빛 달맞이꽃
처연히 앉아 있네
한순간 마주치는 눈
너무 고와 슬프다

깊숙이 들어와선
썰물처럼 빠져가는
삼라만상 자연 이치
가는 임 잡지 말게
순적히 돌아오리니
오월 향내 품은 채

코스모스길

팔랑댄 가랑잎들
어드메 살다 나와
정처 없이 구르는가
처량히 바라보는
아가씨 코스모스꽃
갈바람에 안기네

천둥과 번개 속을
읍소하듯 견뎌내고
하늘을 우러르니
퍽이나 길어진 목
하늘댄 몸짓 춤사위
휘감기는 가을날

그 음성 감미롭던
옛 임은 아니 뵈고
함께 한 추억의 길
눈 시리게 찬란하다
스쿠령 보초 서 있는
한적한 이 고갯길

유월의 장미

물줄기 고갈되어
푸석한 여기저기
혼신을 다한 전의
그대로 아름다워
미쁘신 손길 찬양해
사랑스런 그대여

각종 새 지저귀며
온 하늘 헤집누나
작은 몸 어디인들
누일 곳 없으랴만
퍼득여 날개 적시어
꽃가지에 깃들면

청춘을 불사르고
하나둘 사위어 간
뜨락의 꽃들 속에
핏빛으로 빛나는 너
뙤약볕 아래 남겨질
붉은 진액 한 방울

가을빛 태양에 벼 이삭 익어가니

지리한 장마 뒤에
해바라기 엎어지고
옥수숫대 자빠지니
세울 힘 남지 않아
가을빛 태양 애석히
바람에게 묻는다

엉덩이 뒤로 빼고
도무지 셀 수 없는
다리로 버티어도
쓰러진 나무 나무
높아진 하늘 마주해
무의미한 눈 맞춤

천지가 요동해도
벼 이삭 하나둘씩
고개를 내어밀고
추석을 향한 야망
본연의 의무 다함에
소홀함이 없을 터

그녀의 가을

참으로 오래전에
가버린 형상 하나
무엇을 좋아한 지
어떻게 사랑한 지
햇살에 이내 사라진
아침 안개 같은 그

하늘댄 코스모스
어쩌면 그리 닮아
바람결에 미소 날려
가슴을 활짝 여네
까마득하게 잊었던
눈이 부신 하얀 이

진토된 그 자리에
구절초 하염없고
언니인 듯 야생화가
흐드러져 반기누나
얼만큼 지난 후라야
이 가을이 멎을까

이리 벅찬 계절에

이웃집 마당마다
붉은 고추 누워있고
머잖아 황금물결
넘실댈 들녘 향해
갈햇살 따갑게 쏟아
맑고도 참 달고나

이끼 낀 돌 사이를
비집지 아니하고
다정히 조잘대는
계곡물 냇물들이
강으로 바닷속으로
설렌 모습 급하네

하늘의 구름 요정
변검놀이 한창이고
낮은 담장 기와집
능금 아씨 홍조 띠나
오롯이 담지 못하여
가슴 한편 비우네

이효석의 숨결을 느끼며

계절의 여왕 오월
아쉬운 마지막 날
가뭄을 뒤로하고
바람 따라 구름 따라
발걸음 옮겨 머문 곳
이효석 문학관

메밀꽃 아직이고
볼 빨간 아카시아
허 생원 물레방아
하룻밤 광란 인연
그리움 평생 간직한
장돌뱅이 그 사랑

첫사랑 뼈근하듯
잎새에 설렘 일고
풋풋한 순수 향내
임인 듯 스며드네
영원히 남을 그대의
숨막히는 밀어여

잠 못 드는 밤

깊어만 가는 이 밤
하얗게 새고 있네
카푸치노 때문일까
납덩이 매어 단 듯
불면이 슬금 찾아와
엉덩이를 디미네

베개통 머리 대면
곧바로 송장 되던
품 안의 올망졸망
최고의 빛난 축복
남겨진 둘만의 오늘
그렁저렁 또 하루

자장가 불러 주던
섬집 아기 그 동요
엄마가 그리운지
날 위해 불러본다
애들이 보고픈 건지
촉촉해진 목소리

제4부

잠시 눈을 감고

바람(2)

때마다
싱그러운
향 가득 물고 와서

내 입술 머금게 해
아 나는 그만이야

그대의 포로가 되어
헤어나지 못하네

바보 같아서

오늘은 구름 한 점
없는 저 하늘가에
그리운 사람 하나
오롯이 담아내려
발꿈치 들고 팔 벋어
하늘 물결 휘저어

숲속의 아침 풀잎
이슬방울 스러지듯
탱글함 사라지고
몽롱한 물 안갯속
아련한 금빛 추억이
어제인 양 다가와

이 세상 거하는 한
잊히지 않을 순간
순간들 영원하여
앞길을 밝히리라
그때 참 바보 같아서
느지막이 눈 뜬다

밥값 한 날
- 풀과의 전쟁

소나기 다녀간 후
돌변한 칠월 하늘
숨이 턱 막히도록
폭염 한솥 들이붓네
웃자란 잔디 한마당
우후죽순 보는 듯

블록들 사이사이
하나둘 심은 잔디
기대한 조화로움
아 그만 허사로다
풀밭을 이뤄 채이니
부질없는 꿈일 뿐

솔바람 솔솔 부는
산 밑의 신선놀음
땀방울 하나 없이
도적의 심산이지
풀과의 전쟁 한바탕
민낯 한번 훤하네

백합, 아 그 향내여

말끔히 씻긴 숲속
아침이 싱그럽네
철없는 아기 참새
위아래 술래잡기
공기를 가른 짹짹짹
잠시 머문 흰 구름

초록 옷 바위 이끼
계곡물 우렁차고
형형색색 꽃가지
미소가 아름답네
휘감은 안개 걷히니
더욱 영롱하구나

후려친 장대비에
오롯이 앉아 있는
함초롬한 그대여
산바람 휙 불어와
젖은 볼 감싸쥐나니
백합, 아 그 향내여

뱀딸기

새하얀 눈꽃 핀 양
흐드러진 개망초
그 아래 얼핏 설핏
홍조 띤 얼굴 아하
뱀딸기 죽죽 팔 벋어
땅따먹기하는 중

산 들에 지천이던
너희는 뒷전이고
산딸기 한 볼때기
빨간 입 미어지네
세월에 나고 져 가는
슬픈 이름 약초여

한겨울 칼바람 속
노지 위의 몸부림
노란 날개 단 봄날
붉은 열매 꿈꾸네
뜨거운 햇살 애무에
무르익는 참사랑

잠

숙면을 취하고 난
이튿날 날아갈 듯
온 몸이 씩씩하다
어려서 두렵던 것
식후에 바로 누우면
소 된다고 하던 말

두 눈을 부릅뜨고
앉아서 졸곤 했지
죽으면 실컷 잔다
아침 일찍 일어나
찬바람 마주하면서
동동거린 어머니

꼬부랑 노인 되어
잠 없다 했더니만
여기저기 쑤신 통에
날 새고 계셨구나
졸리면 자라 꿈 꿔라
느긋하게 살려마

잠시 눈을 감고

알알이 누레지던
똘똘한 너의 모습
몰아친 비바람에
꿈꾸다 혼비백산
머리에 이고 진 무게
견디지를 못하네

농부들 단내나게
조석으로 돌봤건만
거대한 자연 앞에
입 벌린 채 속수무책
수확을 앞둔 벼이삭
그만 누워 버리네

지나는 이 발걸음
네 맘이 내 맘이네
눈부신 황금물결
기대 부응 못하나
민심은 천심이려니
하늘 끝에 닿으리

잡초

산골짝 다람쥐 둘
비 내려 웃자란 풀
땀 범벅 이리저리
안간힘 용을 쓰나
질기디 질긴 생명력
당해 낼 길 없다네

살포시 미소 짓는
꽃님의 향기 아래
서성이는 그대여
새소리 벌레 소리
바람이 불어 좋은 곳
숲속으로 가려마

너의 삶 우리 닮아
연민의 정 솟누나
야속해 하지 말고
구애 없는 산속에
팔 벌려 죽죽 벋으렴
푸르른 꿈 펼치게

어느 여름날

한 풀 듯 울부짖던
오란비 거둬가니
이글댄 태양 빛에
온 누리 뽀송하네
초록 숲 마주한 하늘
회포 푸는 한나절

병아리 삐약대는
한낮은 다 지나고
어둑한 앞마당에
솔바람 스며드네
한 계절 가고 오는데
남은 추억 한 자락

손가락 사이사이
모래알 빠져나듯
올망졸망 품 안의 것
날개 달고 날아가네
영원히 여름 이 순간
화폭 위에 남기려

*오란비 : '장마'의 옛말

가을에 부르는 노래 (2)

끝날 것 같지 않은
태풍 속 소나기가
줄행랑쳐버리니
비로소 숨 돌리는
푸르디 푸른 표정들
만끽하는 갈바람

배턴을 이어받아
달리는 계절 앞에
튀어나온 돌부리가
더디게 한다마는
여전히 벅찬 행진을
그 뉘라서 막을까

벼 이삭 누우렇게
햇볕에 익어가고
갈참나무 도토리들
영글어 대비하니
할망구 참새 다람쥐
또 한 겨울 나리라

청귤 보이차

나의 벗 나의 사랑
소청감 보이차 너
멀고 먼 운남성의
고향을 떠나와서
청피향 내게 전하니
진한 감동이어라

어릴 적 걸핏하면
감가로 목이 아파
엄마의 궁여지책
엿가락 특효일세
우리 임 가신 빈 자리
네가 채워 주누나

굴피 향 상큼함을
무엇이 대신할까
부드러운 목 넘김이
우리 임 손길 같네
영원히 동행해 줄 이
붉디붉은 너로다

초보 농사꾼

한바탕 쏟고 간 비
공기가 신선하다
짓궂은 바람 녀석
맴돌아 들락이고
홍조 띤 설렘 다가와
저변 사랑 일깨워

두근댄 추억거리
엄마도 학부형도
처음은 다 어려워
일렁인 의욕 앞에
막아선 두려움 하나
거뜬하던 그 젊음

이제는 흙내 속에
가벼운 호미 쥐고
강변에 뿌리 뻗친
청청한 나무처럼
푸르른 하늘 바라며
노래하며 살리라

친구여 내 친구여

다음을 기약하고
만났다 헤어짐이
얼마나 뼈근한지
사람만의 특권이라
그리움 불씨 당기어
타오르게 하기도

낯설고 물선 곳에
이국땅 빡빡한 데
촉촉한 오아시스
엘림(Elim)의 그 안식처
한 아름 미소 소쿠리
안기어 준 임이여

그 추억 꿈꾸는 듯
아득해 희미한 데
불현듯 그대 출현
솟아난 샘물 같아
저변의 숨은 그리움
끝자락을 적시네

* 엘림: 성경에 등장하는 지명으로 이스라엘 민족이 이
집트에서 이주한 다음에 진을 쳤던 장소

어머니

하이얀 무궁화가
어쩜 이리 고운지
넋 잃고 바라보니
수줍어 미소 짓네
죽은 듯 흔적 없던 것
긴 잠에서 깨어나

자갈을 뚫고 나온
작은 거인 채송화
병아리 삐약대듯
노란 얼굴 방실대네
도무지 알 수 없는 그
자연만의 이치여

꽃들은 소리 없이
제 갈 길 가건마는
길 잃은 미아인 양
그리움 서성이네
오늘도 영원한 내 편
기척 없는 어머니

코스모스

같은 듯
다른 오늘
부득불 달려감에

거침이
없습니다
길가의 코스모스

말없이
두 손 흔들며
온몸으로 웃어요

커피 타임

어려선 건새우 넣은
아욱국 그만이고
상추 쑥갓 한 움큼
눈자위 흡떠가며
볼때기 미어졌었지
참 달았던 그 밥상

무공해 기대하며
고랑마다 들인 정성
풀인지 야채인지
들뛰는 선녀 나방
어설픈 농군 엉덩이
달려드는 모기떼

일하기 싫거들랑
먹지도 말라 했지
마침내 비가 오니
핑곗거리 여간 좋아
낭군님 핸드드립에
끝내주는 커피 향

죽을 만큼 보끄프다

날 새는 밤 바느질
올빼미 닮은 그녀
아침엔 날다람쥐
발바닥 불이 나네
일개미 같은 우리 임
산적한 일 어이해

밭으로 우물가로
정지로 장독대로
조몰락 푸성귀에
엄마표 된장찌개
최고의 요리사인들
어찌 그에 비할까

당연한 줄만 아는
반푼이 철딱서니
용암 끓어오르듯
솟구치는 애절함
매듭진 그리움 보에
그대 전해 드리리

콜라보레이션

자투리
판때기에
설렁댄 붓질 하나

언제나
소 닭 보듯
무심한 영감쟁이

아끼는
풍란 입히니
생동감이 넘치네

흔적

철쭉꽃 가지 앉아
쉴 새 없는 날갯짓
진득하지 못하고
이리저리 옮기는 놈
제비를 닮은 나비가
조화롭게 예쁘네

나풀댄 그 모습이
한가롭기 그지없고
작년에 핀 으아리
평화로워 좋아라
화알짝 나를 찾아온
변함없는 사랑꾼

철 따라 꽃이 피고
벌 나비 찾아 들어
봄날에 유희하리
우리 임 들숨 날숨
손길이 배인 뜨락에
상큼한 향 그대로

수박

넝쿨이
땅을 기어
차라락 자리 잡고
매어 단 수박덩이
하나둘 조급하다
익기 전 사달 내나니
풋내 나는 허탈감

내년을
다짐하며
무성한 잡초 제거
낫질에 날아가는
붉은색 조각 하나
풀섶에 숨어 잠자던
붉게 익은 그 하나

제5부

하루의 다짐

길눈

전봇대 팔 뻗친 곳
오물오물 껌 붙이고
어느 골목이었나
목 비튼 민충인 양
앞으로 뒤로 헤매는
어리숙한 멍청이

멋쟁이 최백호 님
모친 가고 지은 노래
그 가사 이심전심
빗물인 듯 스며드네
내 마음 갈 곳을 잃어
미친 듯이 헤매던

어설픈 모자람에
최고라 감싸주던
성에 낀 방 솜이불
평생을 덮어 주고
하얀 눈 내린 겨울에
남겨놓은 발자국

비목

유월의 노래 하나
먹먹한 가슴 되어
부르는 통한의 곡
퇴색한 세월의 장
무수히 흘러갔어도
여전한 그 젊은 날

행여나 돌아올까
밤마다 노심초사
사립문 닳았구나
피골이 상접한 채
애끓는 부모 귓가에
들리는 듯 어머니

파릇한 까까머리
투정 머리 받던 모정
뻥 뚫려 허한 마음
무엇이 메워줄꼬
우거진 풀숲 사이로
비목만이 서 있네

비는 그리움만 남기고

기다림 사뭇 길어
움푹 꺼진 눈자위
그대의 출현으로
산천초목 생기 도네
촉촉한 모습 그대로
이 여름을 났으면

앞산 위 하늘가에
검은 구름 몽실대고
뒷산의 숲속에선
뵈지 않는 뻐꾸기
청아한 음색 뽐내며
발성하듯 뻐어꾹

우체부 다녀가듯
후다닥 전한 엽서
기약 없는 끝인사에
아쉬움 출렁이네
갈급한 나의 가슴에
평생 품을 임이여

산, 산이여

누런 소 엎디어서
잠자는 듯 겨울 난 산
말갈기 기동 차듯
봄 하늘 향해 솟네
너의 그 우렁찬 소리
솟구치는 정기여

얼음 줄 풀어지고
땅속이 녹아나네
마비된 사지들이
서서히 살아나고
생기의 작은 북소리
은은하게 들린다

간사한 화마의 혀
범접을 못 하리라
폭포수 같은 비로
온 산을 적시리니
꿈틀댄 새 생명일랑
입을 크게 열어라

산 위에 올라가서

자연을 벗 삼아서
풍류를 즐긴 옛 선비
모시옷 구름처럼
하얗게 걸쳐 입고
거문고 타니 좋으리
시 읊으니 좋으리

그 옛날 같지 않은
세월을 탓하랴만
문턱을 넘나드니
그 또한 행복일세
어깨 단 나래 펼치어
훨훨 나는 자유함

부엽토 숙성되는
벌름댄 나무 숲속
바위 등판 서늘하니
납작이 하나 되네
스르르 열린 가슴에
들이켜는 산내음

산

희뿌연
하늘가를
무심히 올려보니

단장한 해가 불쑥
헤치며 다가오네

죽은 듯 고요 고요히
잠자던 것을 위하여

밤사이
몸서리친
길가의 잡초까지

햇살을 안고지고
해바라기 한창인 데

말 없는 그대 여전히
그저 그리 서 있네

산들바람

봄인 듯 여름인 듯
등 쏘는 한낮 땡볕
맛있게 햇살 먹고
살랑대는 꽃송이들
깨끗한 이슬 마시니
향내 신선한가 봐

할미꽃 채송화가
장독대앞 자리 잡고
양옆에 중구난방
꽃들이 시끄럽네
하얗고 붉고 노란 게
조화롭기 그지없어

산속의 오두막집
선들바람 휘감네
앞 뒤뜰 향기 날아
벌 나비 후끈대고
배 꺼진 길냥이 한 놈
양지 찾아 눕는다

산바람 난 그녀 (벗)

저 산이 먼저인지
그녀가 먼저인지
첫눈에 불이 붙어
온몸을 사르누나
오로지 그대 아니면
무미건조할 것을

꾀꼬리 닮은 음색
청아한 노랫소리
함박꽃 같은 얼굴
작약이 미소 짓네
세 공주 둥지 떠난 후
흠뻑 쏟는 산사랑

긴 세월 고단한 삶
산바람 거둬가니
숲속의 피톤치드
젊음을 안겨주네
덤으로 얻은 벗 이놈
앞장서는 다람쥐

새 생명

나무들 울창한 숲
둘러친 오두막에
새 소리 바람 소리
들락거린 뒤 뜨락
낡은 것 먼산바라기
책장 하나 멍하니

공구들 가지가지
칸칸이 벌여 놓고
행여나 들까 하여
한 칸을 비워 놓네
수십 번 탐색 시도 후
자리 잡은 참새 놈

넓은 산 나뭇가지
널린 것 마다하고
미물의 영감인가
안식처 찜해놓네
어미새 새 생명 위한
벌레 사냥 날갯짓

사랑하는 마음

이웃집 털보 영감
송아지 또 한 마리
일전에도 한 마리
깊어만 가는 겨울
새끼들 덕석 사이로
파고드는 칼바람

큰 잎새 담장나무
쌉싸름한 씀바귀
신선한 맛 그리워
살며시 추억한다
껌벅인 어미 눈망울
송아지가 담긴다

연신 젖 빨아대고
발밑이 얼어가도
새끼 볼 핥아주는
어미 어깨 앙상하다
아 우리 고이 품으신
임 생각에 아리다

평창 허브나라

메밀꽃 필 무렵의
이효석 꿈꾸는 곳
최초의 허브 테마
농원을 이루나니
맑은 물 흥정 계곡에
풍광 더욱 돋보여

천혜의 아름다움
음미해 발 담그니
최고의 힐링이네
아 이곳 바로 여기
그대와 함께 누워서
파란 하늘 볼까나

상큼한 허브 맛의
아이스크림 하나
사르르 녹는 맛에
목줄기 서늘하네
오늘을 걷는 이 하루
오감 만족 사랑뜰

포도

앞뜰의
영근 열매
아침잠 없는 새들
부지런한 벌 나비
고것들이 찜해놓아
선수 쳐 갈아치우니
어림없는 내 차지

뒤뜰의
채광판 밑
또 하나 포도나무
기척 없이 익어가
보랏빛 영롱하네
온전히 주는 그 사랑
광주리에 한가득

하늘

우중충
흐리다가
푸르고 정갈하니

변검의 귀재로세
나 항상 사모하나

드넓어 갖지 못하니
그 품 안에 안기오

영화 『한산』 관람 후

각색이 어떠하든
주연이 누구이든
그 색깔 고스란히
뛰어난 일품 연기
충무공 장군 뵙는 듯
가히 경이롭구나

고고한 인품 속에
뜨거운 부하 사랑
명분 있는 의외 불의
적군 마음 사로잡네
불타는 애국 강하니
시름 또한 깊어져

뛰어난 지략 속에
시문 또한 능하다니
몰려든 고뇌일랑
절절히 녹여내리
총총한 별빛 눈동자
그윽하게 영원히

오월의 산에 피어나는 그리움

초록색 저고리에
진분홍 치마까지
온 산이 다 폐백 옷
초록이 촌스럽다
노란색 저고리 입힌
시부모님 자상함

울 엄니 딸 아끼다
낭패가 이만저만
살림엔 전병이니
맏며느리 곤혹일세
딸이다 여긴 시모님
지지 않는 웃음꽃

강산이 몇 번인가
변하고 또 변해도
가 없는 그 사랑에
그리움 사무치네
발걸음 땅끝 어딘들
찾아가지 않으랴

흰 데이지꽃

할미꽃 지고 나니
봉긋한 봉오리들
장독대 생기 도네
한밤 두 밤 어느새
피어난 뽀오얀 얼굴
어찌 그리 고운지

항아리 외롭더냐
온종일 눌러앉아
하늘 보고 땅 보고
한겨울 북풍한설
꿋꿋이 버틴 상이라
호사스런 꽃 향연

여름의 구절초라
티 없이 상큼하니
덩달아 맑아지네
평화스런 한낮의
데이지 나른한 오후
기지개가 한바탕

겨울날 꿈 한 그루 심다

눈꽃들 피고 날아
햇살에 부서지고
추녀 끝의 고드름
방울 방울 녹아나니
확 트인 시야 너머로
종종대는 까마귀

검은 새 날개 펴고
천방지축 뛰노는 것
바다 위 날아가는
돌핀스 닮았어라
봄날에 나비 날듯이
사뿐대는 그 몸짓

움츠린 가지마다
파르르 설렘 일다
따스한 임 맞으려니
가슴을 활짝 열라
찬 바람 훼방하여도
변치 않을 내 마음

애들아

내 엄마
나의 시모
한 번씩 뵐 때마다
한소리 또 하시고
한소리 또 하신다
일어서 나올 때까지
끝날 기미 안 보여

제대로 공경하지
못해도 잘한 것은
청종하여 드린 것
처음 듣는 것처럼
쌓인 것 죄다 푸시고
떠났으리 훠얼 훨

너희들 어렸을 적
말 트기 시작할 때
수도 없이 물었지
이건 뭐야 저건 뭐야

아빠도 나도 귀여워
물고 빨고 귀 쫑긋

아이쿠
나도 이제
가신 임 판박인 양
그대로 답습하여
한소리하고 또 해
잠자코 들어주는 것
그게 바로 효도야

겨울에 피는 꽃

눈망울 초롱대며
들떠 앉은 영산홍
채비가 빨랐구나
눈발 아직 굵은 데
싸락눈 애처로운 듯
다독이며 덮는다

들짐승 오르내린
골짜기 나뭇등걸
검은 몸 새하얗게
단장해 누워있고
숲속의 온갖 언어들
잠시 동안 휴면 중

어느새 소리 없이
팔 벌린 가지마다
눈부시게 꽃을 피워
천지가 평화롭다
뉘라서 이리 고운 꽃
피워낼 수 있으랴

겨울비

어둠이 칠흑같이
온 누리 내려앉고
사방이 고요고요
구른 잎새 하나 없다
숨소리 내가 놀라는
덩그러니 남은 밤

동토를 녹이려는
빗방울 후드드득
설렌 가슴 두드린다
봄처녀 오는 길목
말끔히 단장 하려나
겨울 아직 깊은 데

밤인 듯 아침인 듯
줄기찬 그 소리에
안기듯 포근하여
날 새는 줄 몰랐구나
그대가 떠나고 나면
봄 아가씨 오려나

사랑 인생이 빚은 행복의 빛깔

– 서정희의 두 번째 시조집 『숲의 향기』

최 봉 희(시조시인, 평론가, 글벗 편집주간)

"사랑을 포괄할 수 있을 만큼 큰 단어는 단 하나, 인생 밖에 없다. 모든 면에서 사랑은 곧 인생이다."

『살며 사랑하며 배우며』로 우리에게 널리 알려진 미국의 교육학자이자 교수인 버스카글리아(Leo Buscaglia 1924-1998)가 한 말이다.

사랑에 대한 그의 주장에 나는 전적으로 동의한다. 특별히 이번에 새롭게 출간하는 서정희 시인의 두 번째 시조집 『숲의 향기』에 실린 100편의 작품을 읽으면서 떠오른 말이기도 하다.

그 말의 의미는 사랑과 인생은 같은 크기와 의미를 지니고 있다는 말이다. 한 사람의 인생은 그 사람이 지닌 사랑의 역사이기도 하기 때문이다.

성벽은 항상 높고 들판은 허허로워
갈 곳 몰라 헤매는 길 잃은 사슴인 양
목 늘여 하늘 향하는 슬픈 눈의 나그네

장거리 달려가는 마라톤 선수처럼
고독한 싸움 하나 쓰러질 듯 자빠질 듯
두 다리 흔들거리다 중심 잡는 오뚝이

마라의 쓴물처럼 쓰라린 인생의 맛
한 문이 닫혀지면 분출하는 감사노래
또 한 문 열려지나니 어제처럼 오늘도
– 시조 「어제처럼 오늘도」 전문

　인생은 온 세상을 떠도는 나그네와 마라톤 선수처럼
인생의 온갖 쓴맛을 경험한다. 하지만 자신의 삶을 사
랑하기에 감사의 찬양이 맨 먼저 나온다. 한마디로 긍
정의 마음을 지녔기에 가능한 삶이다.
　서정희 시인은 시조 시인이자 화가로서 목사인 부군과
함께 자비량으로 중국 선교에 헌신하는 기독교인이다.
더군다나 여러 지역에 개척교회를 열어서 선교의 사명
을 다하는 그의 가슴에는 언제나 따뜻한 사랑과 감사가
넘친다. 언제나 처음 사랑으로 하루하루의 삶을 시작하
고 열정으로 삶을 살아가기에 생기가 넘친다.
　이에 서정희 시인의 시 세계를 구체적으로 살펴보자.

　　눈부신 하늘빛이
　　아침 문 활짝 열어
　　눈동자 총명하니
　　생명은 숨 가쁘고

단풍진 낙엽 헤치고
꽃잎들은 피어나

고운 빛 화려한 빛
꽃향기 진동하니
주름진 아낙 얼굴
시름이 쉬어 가고
설렘 반 기대 반 속에
한껏 들뜬 또 오늘
- 시조 「또 오늘」 전문

 그의 삶은 날마다 고운 빛, 화려한 빛, 꽃향기가 진동하는 강원도 횡성의 한 고을에서 시작한다. 그의 삶은 항상 사랑이 넘치기에 설렘으로 들뜬 기대로 시작하고 또 마무리한다. 한마디로 긍정의 삶을 살고 있다.

캔버스 하늘가에
대담한 붓질 하나

손발을 걷어붙인
오묘한 구름 터치

만물의 온갖 형상을
선물처럼 안기네
- 시조 「가을 하늘과 구름」 전문

시인은 글말로 그림을 그리는 시인이자 그림으로 시를 표현한 화가다. 시인은 자연의 형상을 하늘이 준 선물로 여긴다. 중국 청도 한인교회에서 성가대로 활동하면서 미술대학 졸업생이신 선생님을 만나 그림을 배웠다. 중국인들과 2회에 걸쳐 미술 전시회도 열었다. 어느덧 화가로 활동한 지 십 년이나 된다. 어려서부터 꿈꾸는 삶이었는데 다 늙어서 이루게 되니 주님의 은혜라고 말한다. 오늘도 자신의 삶을 그림과 시로 표현하기에 언제나 행복하다.

> 나의 벗 나의 사랑 소청감 보이차 너
> 멀고 먼 운남성의 고향을 떠나와서
> 청피향 내게 전하니 진한 감동이어라
>
> 어릴 적 걸핏하면 감기로 목이 아파
> 엄마의 궁여지책 엿가락 특효일세
> 우리 임 가신 빈자리 네가 채워 주누나
>
> 귤피 향 상큼함을 무엇이 대신할까
> 부드러운 목 넘김이 우리 임 손길 같네
> 영원히 동행해 줄 이 붉디붉은 너로다
> – 시조 「청귤 보이차」 전문

소청감 청귤 보이차는 작은 청귤 안을 파내어 귤피안에 보이숙차를 넣어 만들어진 블렌딩 보이차다. 귤피향

과 깔끔한 보이차의 맛과 향을 느낄 수 있다.

시인은 자비량 선교를 위해 보이차를 세상과 나누고 있다. 그의 삶이자 희망이며 감동이다. 중국에서 10년 6개월간의 장기간의 선교 생활을 철수하고 국내에 들어왔다. 물론 모두 불경기이듯 어렵지만, 절대자의 도우심으로 여기까지 이르게 되었다고 한다. 보이차가 시인에게는 오래된 친구이자 삶이며 사랑이고 행복이리라. 힘들고 어려운 과정이지만 시인은 하나님이 부르시는 날까지 선교의 사명을 다할 것이라고 다짐하곤 한다.

비바람 몰아칠 때
꼼짝하지 않는 바위
널찍한 등판 위에
산까치 딱새 참새
번갈아 날개 말리려
찾아드는 놀이터

볼때기 미어져라
낙엽 물은 다람쥐
잠시만 숨 돌리라
하얀 등 내어주네
언제나 거기 그 자리
식지 않는 구들장

바위도 물에 쓸려
한 조각 잘리련만

우리 임 수십 년간
요동 없는 돌덩이네
그 만의 사랑하는 법
어제 같은 또 오늘
- 시조 「묵직한 사랑」 전문

　시인의 사랑은 묵직한 사랑이다. 오늘도 어제와 같이 그의 사랑하는 법은 바위처럼 돌덩이처럼 한결같은 사랑이다. 그래서 참새도 다람쥐도 나의 사랑하는 임도 머무는 공간이다. 시인은 국내에서 4곳에 개척교회를 열고 마지막 교회에서 부군이 원로 목사로 마치게 되어 있었다. 하지만 일찍부터 선교에 뜻을 갖고 20여 년간 협력 선교하다가 차마고도를 보고 선교의 뜻을 굳혔다고 했다. 몇 년 있으면 원로 목사로 노후가 안정되는 탄탄한 장래가 기다리고 있었다. 하지만 나만의 밥그릇만 챙길 수 없다며 후배에게 물려 주고 과감히 힘겹고 어려운 선교의 길로 들어선 것이다. 시인과 부군의 꿈은 누군가에게 사랑으로 혹은 영혼의 안식처 살아가고 싶은 것이다.

새하얀 눈꽃 핀 양 흐드러진 개망초
그 아래 얼핏설핏 홍조 띤 얼굴 아하
뱀딸기 죽죽 팔 뻗어 땅따먹기하는 중

산 들에 지천이던 너희는 뒷전이고

산딸기 한 볼때기 빨간 입 미어지네
세월에 나고 져 가는 슬픈 이름 약초여

한겨울 칼바람 속 노지 위의 몸부림
노란 날개 단 봄날 붉은 열매 꿈꾸네
뜨거운 햇살 애무에 무르익는 참사랑
  - 시조 「뱀딸기」 전문

 인생길을 걸으면서 언제 떠나갈지 모른다. 혹은 어디
로 향해 갈지 모른다. 하지만 어디에 있든 꿈과 비전이
있는 사람은 늘 활력이 넘치고 매사에 호기심이 가득하
다. 또한 목적지가 뚜렷하고 추구하는 삶은 결코 어둡
지 않다. 열정적이고 희망적이다. 왜냐하면 시인에게 참
사랑이 있기 때문이다.

진종일 내리는 비
바라만 봐도 좋고

소리만 나도 좋아
첫사랑 설렘인 양

널 향한
오로지 한맘
변치 않을 내 사랑
  - 시조 「내 사랑」 전문

우리는 사랑이 있기에 오늘을 살고 있다. 사랑이 없다면 태어날 수도 살아갈 수도 없다. 그래서 인생을 사랑이라는 측면에서 바라봐야 하는 이유다.

사실 선교의 사명은 사람에 대한 사랑이 없으면 불가능하다. 언어의 높은 장벽이 있는 중국에서 전도하는 일, 매우 어렵고 힘든 일이다. 추방되는 것을 무릅쓰고 보이차로 가난한 소수민족의 삶을 돕고 있다. 아울러 중국에서 목회자로서 제자를 양성해서 신학교로 보내는 것은 물론 제자들을 결혼시키고 양을 사주기 운동을 펼치는가 하면 자립시키는 일을 하고 있다.

> 꽃잎에 나뭇잎에 땅바닥 구석구석
> 빗방울 여한 없이 회포를 풀고 나니
> 어느새 홀쩍 커버린 무궁화 옆 키다리
>
> 머나먼 여정 앞을 햇살이 인도하니
> 노랗게 반짝이며 의젓이 자리 잡네
> 상큼한 재잘거림에 생기 도는 앞 뜨락
>
> 철 따라 고운 꽃들 서로 만나 소곤대나
> 산화된 그 사랑은 돌아올 기미 없어
> 지독한 그리움 하나 오롯하게 남는다
> – 시조 「그리움 하나」 전문

시와 시조에는 음악성, 회화성, 주제성, 이 세가지를

꼭 갖춰야 한다. 무엇보다도 시조에는 이야기가 있어야
한다. 그런 의미에서 서정희 시조의 특징은 사랑을 담
은 이야기라고 해도 무방하다.

다른 사람에게 뭔가를 주려고 한다면 자신을 몽땅 주
어야 한다. 이는 산화된 사랑 이야기다. 자신의 정성과
마음을 모두 다 줄 때 이것이야말로 참사랑이 되는 것
이다. 시인은 이를 깨닫고 있다. 시를 쓰든지, 그림을
그리든지, 누군가를 가르치든지, 선교하든지 마찬가지
다. 적당히 자신을 내놓아서는 사랑이 아니다. 자신의
모든 것을 내어주어야 한다. 그때에서야 비로소 기적이
일어난다. 그래서 모든 삶은 사랑에서 시작해서 사랑으
로 마무리해야 한다.

뽀오얀
우웃빛에
잔잔한 미소 띠고

흐르는
널 사랑해
그러나 잿빛 구름

터질 듯
울음 머금은
네가 더욱 좋은걸
‒ 시조 「네가」 전문

사랑은 주고받는 것이다. 사랑받지 않으면 사랑할 수가 없다. 우리는 절대자로부터 사랑을 받았고, 부모님으로부터 사랑을 받았다. 사랑하는 이로부터 사랑을 받았기 때문에 우리가 사랑할 수 있는 것이다. 우리는 이를 '사랑의 흐름'이라고 말한다. 물이 흐르듯이 사랑도 그렇게 흘러간다. 이에 우리도 사랑의 흐름에 참여해야 한다. 흐르는 사랑이 잿빛 구름일지라도 슬퍼서 터질 듯 울음 머금는다고 해도 사랑하는 그가 있기에 더욱 좋고 모든 것이 사랑스러운 법이다.

> 그렇지 슬픈 거야
> 이 하루 지나가면
> 잊혀질 너의 모습
> 언젠가는 점이 될까
> 내일은 잊을지라도
> 오늘 눈물 기억해
>
> 망각의 동물인 게
> 차라리 다행일까
> 뼈 녹듯 마냥 슬퍼
> 움츠려 몸 숨기면
> 뉘라서 그대 알까만
> 아리고 또 아리다
>
> 바람결 타고 오는
> 구슬픈 선율 하나
> 못다 부른 노래여

방울방울 비 되어
온 하늘 씻어내리네
다시 못 올 사랑아
– 시조 「가을에 오는 비」 전문

 사랑은 좋을 때도 있지만 이별과 아픔의 때가 있다.
다만, 중요한 것은 사랑은 나보다 사랑하는 대상을 더
먼저 생각하고 더 많이 배려해야 한다는 것이다. 나보
다 사랑하는 대상을 더 깊이 바라보고 더 넓은 세계로
안내해야 한다. 사랑하는 이를 위해서 나의 전부를 내
놓고도 부족하여 아쉬워하는 마음이 담겨 있어야 한다.
그래서 사랑은 희생이 따르고 고통이 따른다. 그 고통
은 사랑이라는 이름 아래 있기에 행복한 고통이다.

산 넘어 희뿌여니
검은 소 길게 누운
산수화 여기저기
신사임당 혹할 풍경
올려 본 하늘 두둥실
미소 짓는 흰 구름

입막음 세월 속에
묵언의 장벽이라
이제야 들려오는
새 소리 바람 소리
좋구나. 에헤라디야

산천초목 내 사랑

두 발이 닿는 그곳
어딘들 막을쏘냐
신묘막측 자연 속에
폭 안겨 보려 하네
둘이서 괴나리봇짐
휘익 유람할까요
- 시조 「둘이서」 전문

이 시조는 자연을 좋아하고 사랑하기에 사랑하는 이와
둘이서 유람의 기쁨과 설렘을 표현한 작품이다. 언어로
표현하는 아름다운 그림이 멋지다. 그리고 음악적인 노
래로 그 사랑을 묘사한다.

헬렌 켈러가 이렇게 말했다. "우리가 깊이 사랑하는 것
은 언젠가 우리의 일부분이 된다."

누군가를 깊이 사랑하면 그 사람이 나의 한 부분이 된
다는 의미다. 깊이 사랑하면 그것이 나의 일부분이 되
는 것이다. 어떤 대상과 좋은 관계를 맺고 싶다면 그를
닮고 그를 사랑해야 한다. 그가 내 안에 들어와서 나의
한 부분이 될 때까지. 사랑하는 사람도 그렇고 자연도
그렇고 내 이웃도 마찬가지다.

이웃집 털보 영감
송아지 또 한 마리

일전에도 한 마리
깊어만 가는 겨울
새끼들 덕석 사이로
파고드는 칼바람

큰 잎새 담장나무
쌉싸름한 씀바귀
신선한 맛 그리워
살며시 추억한다
껌벅인 어미 눈망울
송아지가 담긴다

연신 젖 빨아대고
발밑이 얼어가도
새끼 볼 핥아주는
어미 어깨 앙상하다
아 우리 고이 품으신
임 생각에 아리다
- 시조 「사랑하는 마음」 전문

서정희 시인은 사랑의 마음을 어미 소와 송아지에 빗
대어 표현했다. 어미 어깨가 앙상할 만큼 자신을 모두
내어주는 부모의 사랑에 그만 울컥하게 된다. 사랑하는
마음이 없으면 상대방이 켤코 보이지 않는다. 그가 좋
아하고 원하는 것이 무엇인가 찾게 마련이다. 그래서
사랑은 상대방의 삶으로 들어가 필요를 채워주는 것이

다. 그의 삶을 더 행복하게 풍성하게 하는 행동이다.

서정희 시인은 자연 사랑에도 각별하다. 우리는 자연을 눈으로 보고 마음과 생각으로 이해한다. 시인은 자연을 단순히 보는 것이 그치지 않는다. 그 안에 스며있는 여러 가지 관계와 특성 지혜를 경험하고 깨닫고 있다. 그래서 그의 두 번째 시조집의 책 제목도 『숲의 향기』다.

알레르트 아인슈타인의 말처럼 "자연을 눈으로 보고 마음과 생각으로 이해하는 큰 기쁨은 자연이 우리에게 준 가장 위대한 선물"이다. 왜냐하면 우리는 자연 속에서 시를 만들고 예술을 탄생시킨다. 또한 인생을 배우고 과학을 알며 역사를 알 수 있기 때문이다.

> 자연을 벗 삼아서
> 풍류를 즐긴 옛 선비
> 모시옷 구름처럼
> 하얗게 걸쳐 입고
> 거문고 타니 좋으리
> 시 읊으니 좋으리
>
> 그 옛날 같지 않은
> 세월을 탓하랴만
> 문턱을 넘나드니
> 그 또한 행복일세
> 어깨 단 나래 펼치어

훨훨 나는 자유함

부엽토 숙성되는
벌름댄 나무 숲속
바위 등판 서늘하니
납작이 하나 되네
스르르 열린 가슴에
들이켜는 산내음
- 시조 「산 위에 올라가서」 전문

우리가 아름다운 자연을 보고 싶다면 마음부터 하나가
되는 자유로움이 있어야 한다. 다시 말해 자신의 마음
을 아름답게 해야 한다. 자연은 마음이 아름다운 사람
에게만 제모습을 보여주기 때문이다. 대상에게서 아름
다움을 느끼고 싶다면 그 대상을 만나기 전에 내 마음
부터 부드럽고 따뜻한 사랑이 있어야 한다. 그래야 아
름다운 대상을 바라볼 수 있다.

눈꽃들 피고 날아
햇살에 부서지고
추녀 끝의 고드름
방울 방울 녹아나니
확 트인 시야 너머로
종종대는 까마귀

검은 새 날개 펴고

천방지축 뛰노는 것
바다 위 날아가는
돌핀스 닮았어라
봄날에 나비 날듯이
사뿐대는 그 몸짓

움츠린 가지마다
파르르 설렘 일다
따스한 임 맞으려니
가슴을 활짝 열라
찬 바람 훼방하여도
변치 않을 내 마음
− 시조 「겨울날 꿈 한그루 심다」 전문

　추운 겨울날, 시인은 자연 속에서 변치 않을 꿈을 꾼
다. 봄을 기다리는 몸짓이 싱그럽고 따스한 임을 기다
리는 설렘이 가득하다. 자연을 만나도, 음악을 듣고 시
를 읽어도, 그림을 그리더라도 사랑이 있어야 한다. 먼
저 내 마음이 사랑의 마음으로 바라보는 안목이 있어야
한다. 그래야만 누구를 만나도, 그 어떤 것을 바라보아
도 아름답다.
　누구나 자신의 마음의 창을 통해서 세상을 바라본다.
자연은 사랑할 때 가장 쉽고 가깝게 다가온다. 나는 작
아지고 자연이 커져야 한다. 자연을 사랑하는 마음에서
출발해야 한다.

채송화 코스모스
구절초 분꽃 등등
천지사방 갈꽃이네
애무하는 바람결에
오롯이 몸을 맡긴 채
행복에 찬 눈망울

여름내 들락이며
포도알 쪼던 새는
식곤증에 낮잠인가
도무지 잠잠하네
벼 이삭 위의 곡예사
메뚜기도 안 뵈고

꽃이듯 생물이듯
그리움 한 옴큼씩
남기고 사라지네
밭매다 올려보던
어머니 하늘바라기
따라쟁이 해본다
– 시조 「가을 하늘은 그리움을 낳고」 전문

 시를 읽을 때도 글을 쓸 때도 마찬가지다. 자신의 삶을 아끼고 대상을 사랑하는 마음으로 시를 쓰면 누구나 좋은 시를 쓸 수 있다. 머리가 아닌 가슴으로 사랑으로 다가가면 가능한 일이다. 내 사랑의 노력이 누군가를 기쁘게 하는 일이라면 그때부터 일도 세상도 나도 즐거워진다. 이것이 진정한 행복이다.

사랑에서 출발한 행복감은 부작용이 없다. 많이 행복해하는 아이가 많다면 사랑하는 어른으로 자랄 것이고 행복한 나무는 많은 열매를 맺는다. 그 사람과 그 나무로 인해서 다른 사람도 행복해질 것이다. 사랑과 행복은 옮기는 특성을 갖는다.

철쭉꽃 가지 앉아
쉴 새 없는 날갯짓
진득하지 못하고
이리저리 옮기는 놈
제비를 닮은 나비가
조화롭게 예쁘네

나풀댄 그 모습이
한가롭기 그지없고
작년에 핀 으아리
평화로워 좋아라
화알짝 나를 찾아온
변함없는 사랑꾼

철 따라 꽃이 피고
벌 나비 찾아 들어
봄날에 유희하리
우리 임 들숨 날숨

손길이 배인 뜨락에
상큼한 향 그대로
- 시조 「흔적」 전문

어느 봄날에 나비가 철쭉꽃을 따라 아름답게 춤춘다.
평화로운 모습은 아름다운 봄의 축제다. 시인의 가슴에
자연과 봄에 대한 사랑이 있었기에 상큼한 향을 느끼고
즐기는 것이리라. 어떤 대상에 아름다움을 느낀다면 그
안에 사랑이 있기 때문이다. 그 안에 사랑이 있는 것은
모두 다 아름답게 보인다. 그렇게 사랑과 아름다움은
함께 한다.

오롯이 남은 채로 가는 임 보내느라
들판에 손 흔들며 등판에 쏘는 땡볕
벼 이삭 익어가기 전 송곳인 양 아프다

떠나도 남아 있고 남아도 헤매는 삶
무언가 모를 허상 지나온 자국마다
진하디진한 열정이 붉다 하게 피어나

무언의 약속들이 이루어지는 계절
꿀벌이 그들 나름 남겨둔 꿀을 먹듯
우리의 사랑 그대로 광주리에 담으면
- 시조 「아, 풍성한 가을에」 전문

시인의 삶은 중년을 넘어선 삶이지만 그의 인생은 꽃

피는 봄이다. 시인은 언제나 자신의 삶에 사랑을 담아 그 글은 항상 생명의 빛으로 살아난다. 가을이 되고 겨울이 되어도 열정의 삶이고 나누는 사랑이다. 사랑은 시간을 거스르는 힘이 있다. 사랑하면 아침 해가 유난히 반짝이고 꽃 피는 봄이 새롭고 늘 보던 사물도 달리 보인다. 사랑하면 나이와 세월을 잊게 마련이다.

우리가 어떤 물건을 아름답게 만들고 싶다면 그 안에 사랑을 넣으면 가능하다. 시도 그렇다 미술도 그렇고 사람도 마찬가지다. 조물주는 모든 자연과 인간을 사랑의 마음으로 만들었다.

플라톤이 말한 것처럼 "모든 아름다움에는 사랑이 있다." 서정희 시인도 마찬가지다. 그의 시조 작품에는 사랑이 있고 생명에 담긴 사랑도 아름답다. 그래서 필자는 감히 그의 삶과 시를 '사랑의 인생이 빚은 생명의 빛깔'이라고 말하고 싶다. 그가 빚은 생명의 빛은 어떤 색깔일까?

어쩌면 그리 울어 철퍼덕 주저앉아
눈물보 터뜨리는 아낙이 부르짖듯
슬픔의 목청 돋우니 진동하는 천지라

산속의 생명들은 어디서 기식할꼬
고라니 멧돼지랑 오소리 산비둘기
내려와 진상 부린들 어찌 너희 탓하랴

먹구름 같은 설움 모조리 빠져나가
산천이 밝아오면 높낮음 구분 없이
파아란 하늘 내려와 가슴 가슴 안기리
― 시조 「장마」 전문

한 마디로 그의 삶의 빛깔은 푸른 빛이다. 생명의 빛
깔이다. 힘겹고 어려운 상황이 닥쳐와도 더욱 아름다운
희망의 빛이요 고운 빛이다. 때로는 솔잎처럼 갈잎처럼
빛난다. 화려한 빛이다. 그 푸른빛을 다른 이의 가슴에
전한다. 그것이 바로 시인의 몫이다.

앞에서도 언급한 것처럼 사랑은 사랑을 낳고 전염된
다. 사랑은 계속성이 있다. 사랑은 변하지 않는다. 그래
서 그의 인생의 빛깔은 푸른색이다.

사랑의 순간 그 말은 진실이다. 하지만 '변할 것'이라
는 불안을 넘어서 '잃을 것' 같은 불안도 존재한다. 언
젠가 사랑하는 사람도 내 곁을 떠날 것이기 때문이다.
그것을 알면서도 사랑을 포기하지 않는다. 왜냐하면 푸
른 날이 곧 오기 때문이다. 사랑이 사랑을 낳으면서 계
속해서 푸른 빛으로 살아갈 것을 믿는다.

그런 의미에서 서정희 시인은 인생과 사랑을 푸른 빛
으로 그리는 화가라고 할 수 있다. 사랑의 마음을 글로
써 그리기도 하지만 자연의 아름다움을 그림으로 자주
표현한다. 그것이 서정희 시인의 힘이고 재능이다. 시
쓰기와 그림 그리기가 아름답게 살아가는 힘의 원천이

되는 것이다. 자연의 아름다움을 마음으로 그려보고 시로 쓰는 행복, 그림으로 그리는 행복을 소유하고 있다.

자신을 다 주어야만 남에게 영향을 줄 수 있다. 보잘 것없는 평범한 사람이라도 자신을 모두 주면 강한 힘이 드러난다. 역시 그림을 그리는 것, 글을 쓰는 것은 어쩌면 자기 자신을 바치는 일이다. 그는 인생에서 사랑으로 인생을 빚으면서 푸른 생명의 빛을 발하고 있다.

오늘도 숲의 향기는 행복의 향수처럼 온 누리에 퍼지고 있다. 내가 행복해야 남이 행복한 법이다. 남과 상관 없이 나만 행복한 것은 존재하지 않는다. 행복은 소유가 아니라 관계에서 이루어진다. 남을 행복하게 하려면 내가 행복해야 한다. 내가 행복하면 남도 행복하다. 자연이 행복하면 인간도 행복하다. 이웃이 행복하면 우리 집도 행복하다.

오늘도 서정희의 두 번째 시조집 『숲의 향기』를 통해서 행복의 향기, 숲의 향기가 번져가고 있다. 그 행복의 향기가 다시 시인에게 돌아와 그 향기에 젖을 그날을 기대한다. 언제나 행복의 푸른 빛깔을 간직하길 소망한다.

언제나 서정희 시인의 건강과 행복을 기원한다.

■ 글벗시선 186 서정희 두 번째 시조집

숲의 향기

인 쇄 일 2023년 2월 23일
발 행 일 2023년 2월 23일
지 은 이 서 정 희
펴 낸 이 한 주 희
펴 낸 곳 도서출판 글벗
출판등록 2007. 10. 29(제406-2007-100호)
주　　소 경기도 파주시 와석순환로 16,(야당동)
　　　　　 롯데캐슬파크타운 905동 1104호
홈페이지 http://guelbut.co.kr
E-mail juhee6305@hanmail.net
전화번호 031-957-1461
팩　　스 031-957-7319
가　　격 12,000원
I S B N　978-89-6533-243-5 04810